12 29

A MONSIEUR
DE LAFAYETTE,

SUR SES TITRES

DE HÉROS DES DEUX-MONDES, DE DÉFENSEUR
DES LIBERTÉS PUBLIQUES, DE VÉTÉRAN DE
LA LIBERTÉ, D'AMI DU PEUPLE, ETC. ETC.

PAR M. FIRMIN AINÉ,

DE PARIS.

OUVRAGE DÉDIÉ

A TOUS LES ÉLECTEURS DE LA FRANCE.

———— ✦ ————

Prix : 1 franc.

PARIS,

Chez l'Auteur, rue Montholon, n° 26;
Et chez tous les Libraires Marchands de Nouveautés.

~~~~~~~~~~~~~~~~~

IMPRIMERIE DE MADAME VEUVE SCHERFF,
PASSAGE DU CAIRE, N° 54.

————

Septembre 1829.

A la suite de diverses entraves que quelques Libraires et Imprimeurs ont apportées à la publication de mon ouvrage, je me suis décidé à adresser une Lettre à la Quotidienne pour informer le public du motif qui en retardait la mise en vente. Elle y fut insérée le 16 septembre ; la voici :

MONSIEUR ,

Il m'était bien venu à la pensée que quelques Libraires se refuseraient à faire imprimer ma Brochure concernant M. de Lafayette ; mais j'étais loin de m'attendre que partout où je me présenterais, il y aurait unanimité de refus, sous le frivole prétexte qu'il ne convenait point à des Français de rien faire paraître qui fût contraire à la gloire du *Héros, du Défenseur de la Liberté dans les Deux-Mondes! le compagnon de Washington, l'Ami du Peuple*, etc.

Il paraîtrait même, d'après ces Messieurs, qu'il y a prescription pour en rappeler à l'opinion égarée, puisqu'ils affirment qu'au bout de quarante années d'une réputation, *fût-elle usurpée*, elle devenait, par ce seul fait, inattaquable.

Sans cet accord, je dirai plus, sans cette *opiniâtreté* à considérer la personne de M. de Lafayette comme sacrée, ce qui devient une véritable *mystification*, non-seulement pour les étrangers, mais encore pour toute la France, j'aurais fait de grand cœur le sacrifice de cette brochure, composée dans des vues sages, et qui n'est pas, comme ces Messieurs ont dû le penser, un libelle, ce dont ils auraient pu se convaincre en demandant au moins à prendre connaissance de l'ouvrage.

Quoi qu'il en soit, dussent mes intentions être dénaturées, dussé-je être en butte aux injures d'une coterie qui ne se respecte pas toujours, ma Brochure sera imprimée, lorsqu'il serait vrai, ainsi que l'ont assuré quelques Libraires, qu'il n'en serait pas vendu un seul exemplaire. Je pense mieux de mes concitoyens. Tout homme de bonne foi, sans passion et sans haine, saisira toujours l'occasion de s'instruire sur les actions des hommes qui sont parvenus à se faire un nom, *n'importe comment;* mais si j'étais dans une complète erreur à cet égard, ma Brochure resterait alors comme un monument qui attesterait qu'au dix - neuvième siècle on m'a condamné sans vouloir m'entendre.

Pour éclairer ceux qui voudront connaître dans quel esprit, dans quel but ma Brochure a été écrite, je leur dirai : J'ai voulu démontrer aux plus *incrédules* que tous ces hommes qui se disent *patriotes par excellence,* n'en ont jamais eu que le masque, masque qu'ils viennent enfin de faire tomber; car, les hommes qui se croient les plus fins en politique, commettent souvent des maladresses qui laissent apercevoir le bout de l'oreille. Or, ces hommes, en reprochant sans cesse à leurs adversaires une ambition toute personnelle, suivent cependant la même route pour arriver au ministère, qui, d'après leurs propres aveux, *aveux précieux,* ne peut leur échapper.

Ceux qui en douteraient n'ont qu'à lire attentivement les deux derniers paragraphes extraits d'un article

du *Courrier Français,* signé de la lettre B, du 2 septembre, ainsi conçu :

« Et puis *il y a quelque chose de bon que la France*
» *passe par les mains des furieux,* avant d'arriver *aux*
» *hommes forts et nationaux.* Nous avions besoin d'un
» système de *réaction* dans l'administration publique,
» pour que, lorsque le *Gouvernement passera dans des*
» *mains plus dignes,* on pût *épurer* sans crainte cette
» grande hiérarchie que tous les Ministres ont respec-
» tée, jusqu'à M. de Labourdonnaye, etc.

» Que nous importe enfin la réunion des *pointus et*
» *des ventrus?* La France sait où sont les Royalistes-
» constitutionnels, et où se cachent les ennemis de nos
» institutions ; dès-lors *notre cause est gagnée; il* s'agit
» de sauver les institutions du pays, et d'éclairer le
» Roi; il doit y avoir pour cela unité de vues et de
» sentimens chez les bons Royalistes et les bons Ci-
» toyens. »

Ainsi, Français, tenez-vous pour avertis que ces
hommes, soi-disant Constitutionnels, entendent par ces
mots : « Que la France passe par les mains des furieux
» avant d'arriver *aux hommes forts et nationaux,* »
qu'ils entendent, dis-je, « que nous importe que le
» peuple souffre ; qu'il soit décimé ; qu'une seconde
» Saint-Barthelemy ait lieu, que le sang ruisselle par
» toute la France.... puisque ce n'est que sur des ca-
» davres que nous pouvons arriver au pouvoir.....»
Quel patriotisme ! quelle popularité ! quelle philantropie !... Eh ! que leurs partisans, ainsi qu'eux-mêmes,
ne viennent pas se récrier qu'il y a exagération dans
l'interprétation de ces mots; car il leur serait de toute

impossibilité, je les mets au défi (1) de prouver le contraire, puisqu'ils ne cessent de représenter chaque jour aux yeux de toute la France les nouveaux Ministres comme des hommes *capables de recourir à tous les moyens pour assouvir leur vengeance.*

Et d'après de tels aveux, exprimés le jour de *l'anniversaire du 2 septembre,* vous vous dites les plus *dignes...;* que votre cause *est gagnée...* Non, non, rassurez-vous, Français, ils seront trompés dans leurs vœux sanguinaires. Ces libéraux *Républicains-Impérialistes-Monarchiques,* que n'ont-ils pas été ? seront déçus dans leurs coupables espérances. Jamais, dans quelque situation

(1) Ils ne peuvent pas se sauver par la formule ordinaire ; cette attaque ne mérite de notre part que le plus profond mépris, parce que je ne les juge que sur des mots. J'en appèle, non seulement au simple bon sens des citoyens de toutes les classes, mais j'en appèle encore aux plus dévoués de leurs amis.

Les idées exprimées dans ces deux paragraphes, de quelque manière qu'on veuille arranger les phrases, en quelque sens qu'on veuille les retourner, elles exprimeront la même pensée et auront toujours la même signification ; voilà le fait qu'il ne faut pas que le public perde de vue.

Cet écrit, d'ailleurs, composé dans le silence du cabinet, acquiert une toute autre importance que des paroles prononcées dans la chaleur d'une vive improvisation ; bien plus, un article fait pour un journal, avant d'y être inséré, est souvent soumis à l'approbation d'un Comité, à moins qu'il ne soit d'*un grand faiseur;* mais s'en suit-il encore que l'article est revu et lu par un des rédacteurs ; or du moment qu'il n'y a point d'opposition, du moment que cet article est admis à l'impression, il exprime, par le fait de son insertion, l'assentiment et l'opinion des autres rédacteurs.

que la France se trouve, elle n'aura recours à eux pour la sauver. Elle veut des hommes *purs d'intentions, d'une conduite franche et irréprochable*, et ce n'est plus parmi de tels hommes qu'elle ira les recruter. La Nation serait bien à plaindre si, sur trente millions d'individus, elle n'avait plus désormais d'autres organes qu'eux, ni d'autres choix à faire.

Un seul Journal, *le Constitutionnel* (1), qu'on ne lit plus maintenant que par habitude, ou que par pur désœuvrement, a répondu le 17 à cette Lettre, suivant sa louable coutume, en détachant les phrases les unes des autres, ce que le lecteur va être à même de se convaincre en lisant l'article ainsi conçu :

« Un homme (2) qui signe Firmin aîné, ayant com-

---

(1) Tous les journaux littéraires se sont abstenus d'émettre la moindre réflexion au sujet de l'insertion de ma lettre du 16 dans la Quotidienne, avant d'avoir pris connaissance de mon ouvrage. Cela devait être ainsi de la part de gens d'honneur.... Quand je dis tous, il faut pourtant en excepter l'*ex-Tapissier* directeur du Corsaire, qui a dit:

« Un homme qui a fait une brochure contre Lafayette, » ne peut trouver ni imprimeur, ni libraire. Qu'il s'adresse » à M. Genoude. »

Si je dois des remerciemens aux premiers pour leur impartialité, je dois nécessairement mépriser l inconvenante sortie de l'*ex-Tapissier*, et c'est ce que je fais. Un sot peut bien vouloir jeter du ridicule sur un homme de bien; mais si ce dernier sent tout le prix de sa supériorité, il n'en est point affecté : « l'haleine passe comme un éclair sur une glace et ne la ternit pas. »

2) Ces Messieurs ont des formules pour parler des ouvrages, suivant les circonstances ; voici celle dont ils se

posé une Brochure contre le général Lafayette , n'a pu
trouver, dans Paris, un seul Libraire qui ait voulu se
charger de la faire imprimer ; aucun même n'a voulu se
donner la peine d'en prendre lecture. L'écrivain, qui
adresse à la *Quotidienne* ses doléances à ce sujet, va
se décider, dit-il, à faire imprimer sa Brochure à ses
frais ; mais il craint, il ne peut se le dissimuler, qu'il
ne se trouve pas en France un seul homme pour la lire.

« Quoi qu'il en soit, dit-il, dussent mes intentions être
» dénaturées, dussé-je être en butte aux injures d'une

---

servent pour ceux qui écrivent en faveur de leur patron :
« *Un jeune citoyen a eu l'heureuse idée de faire imprimer le*
» *voyage de Lafayette en France , et d'y ajouter un précis*
» *historique de sa vie, orné de son portrait.* Cet ouvrage ,
» qui sera tiré à 100,000 *exemplaires* , sera publié mercredi
» prochain *. »

Comme il est facile de s'en apercevoir, l'esprit de parti
et la passion se retrouvent jusque dans ce peu de lignes. Mais
je leur dirai : Quand vous vous cotiseriez, comme c'est votre
louable habitude dans ces sortes d'évènemens, pour faire
imprimer et envoyer ensuite gratuitement dans les départemens *trente millions* d'exemplaires au lieu de cent mille , que
vous annoncez de l'ouvrage relatant quarante années de la
vie de votre héros pour la bagatelle de *cinquante centimes,*
je le demanderai à toute la France, ces exemplaires auraient-
ils la vertu de reproduire des actes réels de dévouement
pour la cause du peuple ; actes qui n'ont jamais eu lieu....?
auraient-ils le magique pouvoir de faire naître des exploits,
ainsi que je le dis dans le cours de l'ouvrage , qui n'ont jamais existé et que personne ne connaît....? non, mille fois
non, la simple lecture de ma brochure suffira pour faire
écrouler cet échafaudage, élevé à si grands frais et avec tant
de persévérance depuis quinze années.

* Courrier français du 22 septembre.

» coterie qui ne se respecte pas toujours, *ma Brochure*
» *sera imprimée, lorsqu'il serait vrai, ainsi que me*
» *l'ont assuré quelques Libraires, qu'il n'en serait*
» pas vendu un seul exemplaire. »

« Que l'honnête écrivain ne se décourage pas; qu'il fasse imprimer sa Brochure; le public n'en achètera pas un seul exemplaire, nous en sommes convaincus; mais M. de la Bourdonnaye est homme à acheter l'édition; n'a-t-il pas des fonds secrets pour donner des encouragemens à la littérature? Pourrait-il mieux les employer que dans cette circonstance. »

Avant de répondre à cet article du *Constitutionnel*, il faut que j'en donne au public la clef; que je lui fasse connaître dans quel but il a été composé. La coterie, soi-disant libérale, a prévu, d'après ma Lettre du 16 septembre, que je n'étais pas homme à la ménager, elle a saisi fort adroitement, en le dénaturant pourtant, un passage de cette Lettre pour l'exploiter à son profit, et voici comment :

Ces Messieurs se sont dit : Nous qui, chaque matin, donnons le mot d'ordre au parti; nous qui indiquons aux Électeurs la conduite qu'ils doivent tenir; nous qui leur désignons la personne de nos amis qu'ils doivent nommer Député; nous devons également commander aux autres classes de la société. Ainsi, en disant : « *qu'on n'achètera pas un seul exemplaire....* » c'est dire aux habitans de Paris : Cet ouvrage n'ayant pas notre approbation, il vous est défendu de vous le procurer, sous peine de passer à nos yeux pour de *mauvais citoyens*.

Ces Messieurs se sont encore dit : Nous aurons également bon marché des Libraires; ne sommes-nous pas pour eux de véritables oracles! ne sont-ils pas appelés continuellement à sacrifier sur nos autels, et à y déposer leur offrande, en échange de nos louanges.... Nous les tenons, à l'aide d'un petit mensonge (cela coûte si peu à ceux qui en font tant à la journée); par exemple, au lieu de dire : « *Quelques Libraires se sont refusé,* » nous imprimerons « *n'a pu trouver dans Paris un seul Libraire qui ait voulu se charger de la faire imprimer.*» Nous sommes bien sûrs, à l'aide de ce mensonge, de jeter l'effroi parmi les Libraires; or, d'après ce moyen, si l'imprudent auteur avait le front d'aller chez un Libraire où il aurait oublié de se présenter, nous serions bien certains, par cette heureuse inspiration, fruit de notre bon génie, que partout la porte lui serait fermée sur le nez.

Lecteurs, vous tenez maintenant le mot de l'énigme : lorsqu'on ne peut se défendre loyalement, il faut bien avoir recours à la ruse; mais arrivons à la réponse.

Quel superbe dédain !..... *Un homme qui signe Firmin aîné....* Il est réellement fâcheux de porter aujourd'hui dans le monde un autre nom que ceux des Étienne, des Comte de Saint-Albin, se nommant jadis Rousselin, des Jay, des E. Dumoulin, des Thiers, des L. Thiessé, des Année, des Gilbert-Desvoisins, des Thierry, des Rolle, etc., puisqu'il est reconnu qu'il n'y a qu'eux, et leurs amis, qui doivent avoir de l'esprit.

Cependant, illustre personnage, il paraîtrait que cet homme, avec son *nom* obscur, d'après votre tout petit article, tracé avec votre *bonne foi ordinaire*, il paraîtrait, dis-je, que l'honnête écrivain aurait *frappé juste*

par le *prudent silence* que vous avez gardé sur la seconde partie de la Lettre, après avoir eu le soin d'en
dénaturer la première.

Mais, très-illustre et très-honoré personnage, per-
mettez-moi de vous dire, que, dans cette circonstance,
le *nom* ne fait rien à l'affaire. Si j'ai dit dans ma Brochure la vérité, toute la vérité, rien que la vérité; car,
toute la question est là; il n'y aurait donc que des gens
obstinés ou des sots, qui, comme vous, pourraient se
refuser à l'évidence des faits.

Ce que c'est que la force de l'habitude! parce que
des hommes ont eu la faiblesse, je me trompe, je veux
dire la bassesse de se laisser acheter et salarier, par
divers Ministres, à diverses époques, il s'en suit, d'après
ces âmes venales, qu'il ne peut exister un seul homme
incorruptible!

Eh bien! illustres personnages, celui d'entre vous
qui a eu l'impudeur, sans connaître ma personne, ni
mon caractère, ni ma moralité, de me juger capable
de me vendre, a commis un insigne mensonge; or le
mensonge, chacun le sait, découle d'un cœur faux et
lâche, et décèle toujours une âme servile.

Vous êtes dans une grossière erreur, si vous suppo-
sez que l'édition de ma Brochure ne peut être achetée
que par M. de la Bourdonnaye; elle le serait bien plu-
tôt par vos patrons, ou par vous, pour en détruire
jusqu'au dernier exemplaire, puisqu'elle doit produire
l'effet de la tête de Méduse.

Je conviens de toute la nullité de mon *nom*, mais
cela prouve encore en ma faveur. Je sais comment vous
êtes parvenus à vous mettre en évidence; il est si facile

de se faire une grande réputation, quand on a le soin
de payer les éloges... Mais ces réputations, il faut bien
en convenir, commencent à s'user. Vous pâlissez de
jour en jour ; vo projets, comme je l'ai démontré clairement dans ma Lettre du 16, sont connus, le masque
est arraché.... Prenez-y garde, car, une fois détrompés
sur le compte de ceux qui nous ont long-temps abusés,
dans mille circonstances, qui étaient invisibles pour
nous, lorsque nous étions dans l'erreur, se représentent
à notre esprit et deviennent alors autant de convictions.

Laissez donc là mon *nom*, attaquez-moi franchement, loyalement, et vous me trouverez toujours sur
la brèche ; c'est alors que vous reconnaîtrez que je ne
suis point un adversaire à dédaigner. Mais qu'à l'avenir,
par un sentiment d'honneur, vos écrits soient signés
en toutes lettres ; je rougirai désormais de répondre à
celui qui se cacherait honteusement sous le voile de
l'anonyme : un écrit anonyme est presque toujours le
fruit de la calomnie, et la calomnie est considérée à
mes yeux comme le poignard du lâche.

Encore un mot. Cependant, l'homme que vous n'a-
vez pas l'air de connaître, ce nom qui vous semble
tomber des nues, a eu pourtant l'extrême faveur de
figurer dans l'une des colonnes de votre Journal. Lorsque j'ai cherché, dans une légère esquisse, à retracer
le talent rare et sublime du plus célèbre interprète de
Melpomène, vous l'annonçâtes ainsi :

« Ceci n'est ni un drame, ni un vaudeville, c'est
» une petite Brochure de M. Firmin aîné, à laquelle
» l'auteur a réuni quelques *Réflexions sur l'Art Dra-
» matique*. Cette Brochure, dont le titre garantit

» l'intérêt, peut être lue avec plaisir par les gens du
» monde, et avec fruit par les Comédiens. »

Mais ce nom devait encore vous être connu par les
articles de quelques Journaux littéraires qui rendirent
compte, avec trop de bienveillance peut-être, de ma
Brochure, en des termes que je vais retracer pour prouver au public, non-seulement votre défaut de mémoire,
mais pour lui donner en même temps une idée de l'indépendance de mon caractère ; lui déclarant en outre,
qu'il n'est jamais entré dans ma pensée de mendier des
éloges, ni encore moins de les payer.

« On a beaucoup écrit sur Talma, depuis sa mort,
» mais parmi toutes les brochures qui ont paru, on dis-
» tinguera celle qui est intitulée : *Parallèle entre Talma*
» *et Lekain*, suivi de *quelques Réflexions sur l'Art*
» *Dramatique*, par Firmin aîné. Si l'auteur a traité la
» première partie de cette brochure avec un peu trop
» de concision, ses Réflexions sur l'art du Comédien
» sont d'un homme consommé, et d'un penseur pro-
» fond. Il écrit en conscience et de bonne foi, sans
» passions et sans préjugés. Les jeunes gens qui se
» livrent à la carrière dramatique, ne sauraient mieux
» faire que de méditer les leçons de M. Firmin : puis-
» sent-ils s'en pénétrer. »   (*L'Écho du Soir.*)

« Ces pages, écrites avec chaleur et entraînement,
» seront lues avec plaisir, et consultées avec fruit par
» tous les amis de l'art dramatique, et par les admira-
» teurs du grand artiste que la France vient de perdre,
» et dont la place sera long-temps vide, quoique oc-
» cupée. M. Firmin aîné paraît avoir fait du théâtre
» une étude sérieuse et approfondie. Ses observations

» sont ingénieuses, piquantes, exprimées avec cette
» franchise qui résulte de la conviction, et qui la fait
» naître. Son Parallèle entre Lekain et Talma offre des
» renseignemens précieux sur la carrière dramatique de
» ces deux grands hommes, qui, tous deux, ont de-
» vancé leur temps, et imprimé à leurs créations le
» cachet de la supériorité et du génie. Nous revien-
» drons sur la Brochure de M. Firmin. Ce n'est pas
» seulement l'ouvrage d'un homme d'esprit ; c'est celui
» d'un bon citoyen, dont la pensée a de la noblesse,
» de l'indépendance, et dont le style, dans sa verve sans
» apprêt, ne manque ni d'originalité, ni de vigueur. »

(*L'Opinion.*)

« La Brochure de M. Firmin aîné a du mérite, et il
» ne faut pas le blâmer s'il a été plus sensible que ses
» devanciers. Son rapprochement entre Talma et Le-
» kain est d'un homme d'esprit. Il fait habilement res-
« sortir, contraster les talens des deux grands tragédiens
» français, entre lesquels il y a beaucoup d'analogie.

» L'auteur a placé des Réflexions sur l'art dramatique,
» dont on appréciera la justesse. Elle instruira les jeunes
» gens qui se destinent au théâtre, et amusera les gens
» du monde. » (*Courrier des Théâtres.*)

En admettant que l'ouvrage ne méritât pas tout le
bien qu'on en a dit, il en résulterait toujours pour le
public la conviction, comme l'a rapporté l'un des rédacteurs de l'Écho, que cet ouvrage est écrit : « *En
» conscience et de bonne foi, sans passions et sans
» préjugés.* » Ce qui sera pour moi, en tout temps,
d'après mes principes et mon caractère, la plus belle
part des éloges que l'on pourra m'adresser.

Il ne faut souvent qu'un seul trait de la vie d'un homme pour le peindre dans le monde, comme il ne faut également qu'une seule phrase pour connaître la pensée toute entière d'un Journaliste, ou pour dévoiler toute sa turpitude.

L'esprit de faction est ce qu'il y a de plus dangereux pour les Gouvernemens comme pour les hommes; car celui qui, pour servir sa cause, est capable de dénigrer un individu, ou d'exposer son pays au danger d'une révolution, compte, selon moi, pour bien peu de chose les malheurs de ses semblables.

Cette réflexion doit suffire pour mettre les honnêtes gens en garde contre certains journalistes, et leur prouver qu'il est prudent d'en appeler quelquefois de leur jugement. C'est ce que je fais.

L'esprit de faction a pu seul faire imprimer ces mots : « Que l'honnête écrivain ne se décourage pas ; le pu- » blic n'en achètera pas un seul exemplaire, nous en » sommes convaincus, mais M. de la Bourdonnaye est » homme a acheter l'édition. »

Eh bien! prophète-journaliste, il faut répondre ici catégoriquement :

Connaissiez-vous d'avance l'ouvrage ? non ; connaissiez-vous dans quel esprit il était écrit? non ; connaissiez-vous personnellement l'auteur? non ; l'aviez-vous rencontré dans le monde ? non ; connaissiez-vous sa moralité? non ; le supposiez-vous capable de se vendre? non ; connaissiez-vous quelques faits de sa vie passée, de sa vie présente? non ; lui connaissiez-vous, enfin, une action qui puisse ternir sa réputation ? non ; eh bien! écrivain déloyal, va s'écrier tout ce que la France renferme d'hommes d'honneur, pourquoi, avant d'avoir pris connaissance de l'ouvrage, avant de connaître un seul fait de la vie de l'auteur, vous permettez-vous de lancer l'anathème contre un ouvrage qui n'a pas encore vu le jour? Pourquoi désigner d'avance l'auteur à la haine de ses concitoyens, en cherchant à ternir sa réputation?... Répondez?... Ainsi que toute la France, je répéterai : répondez?

Je ne terminerai pas ma réponse à MM. les gros Bonnets du Constitutionnel, sans faire remarquer à mes concitoyens que ce sont des hommes de la *force* de celui qui a répondu à ma lettre du 16 septembre qui chaque matin ont la ridicule prétention de vouloir éclairer les nations de leurs vastes lumières.

La plupart de ces écrivains n'ont pas fait un seul ouvrage qui fût digne d'être cité ; dénués de moyens, sans capacité, ils s'arrogent pourtant le droit de juger tous les jours des productions de tout genre, que souvent ils dénaturent, faute de pouvoir les comprendre.

Mais ce qui devient beaucoup plus curieux à connaître, c'est de les entendre discuter les intérêts du peuple *entre la poire et le fromage ;* de les voir rédiger chez un limonadier, un article littéraire entre *un petit verre d'eau-de-vie et une demi-tasse de café,* ou de les voir composer un article de spectacle entre *un cigare et une bouteille de bierre !....* Quelle facilité !... Quelle étonnante fécondité !... Ah ! Voltaire ! Voltaire, malgré tout ton génie, tu n'as jamais été de cette *force là.*

A MONSIEUR
DE LAFAYETTE.

Pour devenir célèbre, il faut un concours de circonstances qu'il n'est point en notre pouvoir de faire naître.

J<small>E</small> suis encore à deviner dans quel but, depuis 1814, on a cherché à exploiter le nom de M. de Lafayette, à faire promener sa personne de province en province, comme s'il s'y rattachait des actions qui lui méritassent de semblables honneurs..... Ou ma mémoire est bien ingrate, ou, à l'exemple d'Epiménide, j'ai sommeillé pendant qu'il se couvrait de gloire. Ne pouvant rester dans cet état d'incertitude, et étant bien aise de coopérer à cet enthousiasme pour un de mes concitoyens, j'ai donc cherché à m'instruire.

J'ai interrogé tous les partis, j'ai parcouru l'histoire, j'ai compulsé tous les livres, j'ai consulté toutes les classes, depuis l'humble plébéien jusqu'au plus haut dignitaire, et, à mon plus grand étonnement, je n'ai pu apprendre ni découvrir un seul fait qui puisse provoquer cet engouement, ni motiver ces réceptions et ces fêtes brillantes que les départemens, à l'envi l'un de l'autre, se plaisent à lui donner; fêtes qui d'ordinaire ne s'accordent qu'aux hommes qui ont bien

2

mérité de leur patrie, en versant leur sang pour elle,
ou aux hommes d'Etat, qui, par d'éminens services,
ont droit à l'admiration et à la vénération de leur
pays.

Enfin, après avoir mûrement réfléchi, voulant, à
quelque prix que ce fût, savoir à quoi m'en tenir sur
ce phénomène, je me suis convaincu qu'il existait un
moyen bien simple de connaître les hauts faits de M. de
Lafayette. Soumettons, me suis-je dit, à mes concitoyens mes idées sur cet homme que l'on considère
comme un illustre personnage ; dépouillons-le, pour
un moment, de cette auréole de gloire ; certes, si je
suis dans l'erreur, des milliers d'écrivains que le héros
traîne à sa suite ne manqueront pas de m'éclairer
et de m'instruire de ses moindres actions.

Cette idée m'ayant paru la seule convenable pour
découvrir la vérité, et décider qui avait tort, ou de
moi, ou de mes concitoyens, j'ai cru devoir livrer
au public le résultat de mes observations sur M. de
Lafayette. Je vais les faire précéder de quelques réflexions qui serviront à donner plus de force à ce que
j'avance à son sujet.

Si l'homme qui est en évidence réfléchissait sur ses
actions, s'il s'observait attentivement jusque dans ses
démarches, les plus indifférentes en apparence, il re-
connaîtrait que ceux qui sont appelés à en prendre
note ne laissent échapper aucune de ses démarches,
aucune de ses actions, sans les juger et les apprécier à
eur juste valeur, parce qu'un profond examen, fruit

de la réflexion, justifie et confirme toujours leur jugement.

La prévention, qui souvent égare l'opinion publique, ne peut dans aucun cas agir de même sur l'homme isolé, surtout lorsqu'il est indépendant par son caractère comme dans ses principes; on ne voit jamais un tel homme passer d'une extrémité à l'autre, *estimer le lendemain ce qu'il a méprisé* la veille. Indifférent sur la renommée, *qui dénature toutes les actions*, il dédaigne cette vaine gloire, ces louanges stériles, que l'orgueil et l'ambition recherchent et que la flatterie se plait à distribuer à l'idole du moment.

Aussi l'homme qui s'estime, l'homme qui a en aversion tout ce qui porte le caractère de l'intrigue, rougit lorsqu'il voit que depuis de longues années le but de beaucoup d'individus est de parvenir, d'abord, à la fortune, parce que sans elle, disent ces âmes vénales, il n'est point de considération dans le monde. Il s'en suit qu'avec de tels principes, pour y arriver, tous les chemins sont bons; or, du moment que ces hommes sont parvenus à se faire ouvrir les portes du temple de Plutus, ils ne rêvent plus que dignités, décorations, préfecture, directions, ministère, etc.; c'est alors que pour s'acheminer plus sûrement au pouvoir, ils commencent par se rendre populaires, par crier contre les vexations et les abus que commettent ceux *dont ils convoitent les places;* ils affichent les plus grands principes, ne parlent que de morale, que de vertu, et combattent ouvertement les doctrines anti-sociales; enfin, lorsque ces hommes sont arrivés au terme de leur ambition, on est tout étonné, autant qu'indigné,

de les voir suivre la même marche que leurs prédéces-
seurs.... Qu'en faut-il conclure ? Que les vices, en général, sont affreux ! mais que l'hypocrisie, qui se cache
sous le masque de la vertu et de la probité, est encore
plus hideuse : usurper l'admiration des hommes, c'est
ce qu'il y a de plus coupable, puisqu'on parvient à
tarir en eux la source des bons mouvemens, en les
faisant rougir de les avoir éprouvés.

Il faut encore convenir d'une grande vérité : il y a
long-temps que deux choses indisposent les nombreux
abonnés de nos journaux, ce dont les rédacteurs se
garderont bien de convenir, et pour cause.

La première, c'est non-seulement d'y voir reproduire
chaque jour les mêmes noms, mais encore des articles
pleins de déclamations, ne reproduisant que de vieilles
idées, articles qui n'atteignent nullement le but qu'on
s'en était proposé, puisqu'ils n'ont pu empêcher la
marche des évènemens.... Ce qui se passe sous nos
yeux en est une preuve évidente. Bien loin même d'a-
voir pu paralyser les manœuvres de leurs adversaires,
qu'ils n'ont pas su, dans des temps convenables, attaquer *franchement* ni *courageusement*, ils ont encore
tout récemment, par des hésitations continuelles, mis
ces derniers dans le cas de les combattre avantageusement. . . . .
. . . .

La seconde, c'est d'y voir leurs colonnes remplies
de détails concernant les réunions, les réceptions, et
les acclamations qui accueillent les députés libéraux,
qui, par un accord parfait, se transportent d'une ville

à une autre, pour y recueillir des hommages que des
hommes plus modestes s'empresseraient de refuser, au
lieu d'aller au-devant pour les provoquer. Les citoyens
de toutes les classes devraient se pénétrer que ce n'est
point avec des repas, des fêtes, des sérénades et des
pompes triomphales, *qu'on sauve les États*, ni qu'on
prouve son patriotisme, surtout envers des députés
qui n'ont rien fait pour mériter ces honneurs, et qui,
pour le dire en passant, dût leur excessif amour-propre
en souffrir, ne sont malheureusement que *des hommes
très-ordinaires*, et dont, certes, on n'eût jamais cité
les noms de quelques-uns sans le secours qu'ils se
sont prêtés mutuellement pour arriver au Corps Lé-
gislatif.

Ces hommes qui courent, si maladroitement, au-
devant du triomphe, ne manquent pas de dire, pour
justifier ce honteux pélerinage, qu'ils regardent cette
démarche comme un acte de libéralisme pour arriver
à la popularité : ce qui peut paraître, en effet, tel aux
yeux de *nos bons et confians* provinciaux, qui ne les
connaissent, en quelque sorte, que par leurs écrits, et
par leurs *tournées annuelles* dans les départemens;
mais en serait-il de même de leur part, et les verraient-
ils avec les mêmes yeux, si, ainsi que nous, ils
étaient à même de les voir dans l'intérieur de leurs
vastes hôtels, entourés d'un luxe tout-à-fait asiatique;
d'y admirer le ton, l'allure aristocratique d'une partie
de ces mandataires du peuple; non, ils ne leur pro-
digueraient pas si bénévolement toutes ces louanges;
ils se pénétreraient, et avec juste raison, que des
hommes, dont la plupart sont riches à million, ne

peuvent être des libéraux dans toute l'acception du mot; ils reconnaîtraient enfin :

> Que tout leur libéralisme,
> Et leur popularité,
> N'est que du charlatanisme
> Pour être élu Député.

Aussi existe-t-il entre eux un tel accord pour se porter les uns et les autres à la Chambre des Députés, qu'on ne désespère pas d'y voir arriver un jour toute une famille, depuis le grand-père jusqu'au plus petit cousin.

Eh! notez bien que, suivant les circonstances pour arriver à la députation, on les retrouve partout avec le protocole ordinaire : « Vous pouvez m'élire Député, » ma conduite est connue, je suis *voué* à la *liberté*, je » chéris ma patrie (*la plupart seraient bien embarrassés de dire ce qu'ils ont fait pour elle*), je suis né, j'ai » vécu, et je vivrai toujours dans les mêmes sentimens; » je n'ai jamais abandonné, depuis 89, ni ma *condi-* » *tion*, ni ma cause, ni mes *opinions*, etc. » Aussi, à l'aide et au moyen de ces *phrases sonores*, ils parviennent à capter les suffrages de leurs concitoyens, et arrivent insensiblement à monter d'échelon en échelon au faîte des grandeurs ! Telle est l'histoire de ces hommes, soi-disant patriotes et populaires.... Telle a été, et telle sera toujours l'histoire de ce pauvre monde.

Ce que l'on peut regarder de fâcheux dans ces circonstances, et comme une insouciance impardonnable parmi les Français, c'est de ne voir et de ne s'attacher

qu'à la chose présente, sans se reporter jamais au passé,
ce qui devient un tort grave, car ils perdent alors de
vue les moyens qui ont servi à faire manœuvrer, et à
pousser un homme au pouvoir. Il est bien rare que le
nouveau venu s'y maintienne; mais qu'importe, on l'a
désigné comme un phénix, les journaux l'ont adopté;
dès ce moment, c'est un homme par excellence, un
homme célèbre, un homme illustre, ces titres s'acquiè-
rent si facilement aujourd'hui (1), d'un mérite rare, il
a toutes les qualités qui constituent un grand homme...
Il... tombe, et le charme disparaît; on aperçoit alors
le grand homme dans toute sa nudité... on rougit, un
instant, de s'être laissé prendre aussi grossièrement au
piége ... quand, le lendemain, un nouveau phénix a
déjà éclipsé celui de la veille.... Pauvre peuple! pauvre

---

(1) Les hommes de *génie* qui ont *illustré* le siècle de
Louis XIV, malgré la supériorité de leurs talens sur *nos
honorables, nos éloquens, nos célèbres, nos illustres, nos
immortels du jour!!!* étaient beaucoup plus modestes que
nos modernes écrivains; ils ne souffraient pas que de leur
vivant on leur donnât de l'encensoir par le nez, d'une manière aussi ridicule.... Mais cet encens, chez ces Messieurs,
est à l'ordre du jour. (Un journaliste ayant épuisé toutes
les phrases banales pour louer le génie de M. de Château-
briand, voulant à toute force en créer une nouvelle, ne
put se tirer d'affaire que par celle-ci : *L'appui* DE SON IM-
MENSE TALENT; après laquelle phrase il faut tirer l'échelle.)
Aussi, malheur au téméraire qui tenterait de vouloir leur
ravir ces brillantes qualifications, qui, chez la plupart,
tiennent lieu de mérite..... Toutes les presses suffiraient à
peine pour faire lancer des anathêmes contre une semblable
profanation.

peuple ! combien tu es dupe de ces fausses renom-
mées.

Il faut bien le dire, le peuple, de sa nature, est confiant avec les mots de patrie, de liberté, de philantropie, d'indépendance (1), que quelques écrivains font
raisonner bien haut, quoique persuadés eux-mêmes que
ces mots sont aujourd'hui vides de sens; ils ne manquent
pas d'agir sur cette classe qui, ne pouvant *connaître
ni approcher* ceux qui s'en servent, se laisse prendre à
ces paroles magiques. Aussi, lorsqu'un de ces hommes
parvient, poussé par une *coterie*, à se faire un nom po-
pulaire, les citoyens éloignés de toute participation à
l'action qui fait mouvoir les ressorts de la chose publique reçoivent *ces décisions comme des arrêts irré-
vocables.*

Il faut donc, pour parvenir à détromper le peuple
sur ces prétendus organes de l'opinion, dont les journaux reproduisent jusqu'à satiété des écrits qui, depuis quarante ans, expriment les mêmes vues, les
mêmes idées, c'est-à-dire, l'inverse de ce qu'ils devraient écrire, écrits qui démontrent aux gens sensés
mûris autant par l'expérience que par la complication

---

(1) C'est avec les mots de patrie, de liberté et de franchise que le Duc de Bourgogne parvint à exaspérer le
peuple contre les d'Armagnac, et à les faire massacrer.

C'est avec ces mots que huit cents bouchers, aidés par
les milices bourgeoises, égorgèrent, pendant huit jours,
tous ceux qui leur étaient désignés.... Lorsque la vengeance
du Duc de Bourgogne fut assouvie, le peuple jouit-il alors
de ses privilèges?... eut-il ensuite plus de liberté?... Ou-
vrez l'histoire.

des évènemens, que ces écrivains sont *ou des niais
en politique, ou des hommes de mauvaise foi.*

Il faut donc, pour éclairer ce peuple trop confiant,
lui démontrer la cause principale qui, depuis trop long-
temps, a servi à l'égarer; il faut enfin lui prouver que
depuis quarante ans, des hommes vieillis dans les affaires politiques, ont toujours eu le soin d'en écarter
ceux qui, jeunes encore, tentèrent de servir leur pays
par des écrits, par de nouvelles idées que firent naître
les évènemens qui se sont succédés si rapidement sous
leurs yeux : ces généreux citoyens ne pouvaient que
rendre d'importans services à l'État.

Les hommes qu'on a vus tour-à-tour *Républicains,
Impériaux, Monarchiques,* usés par la diversité des
opinions qu'ils ont été forcés d'émettre pour se main-
tenir en faveur près du nouveau Gouvernement qui
succédait à un autre, ont cependant conservé et poussé
l'ambition jusqu'à ce jour à vouloir conduire le char
auquel ils sont attelés depuis la révolution. Est-il une
plus étrange absurdité? On dit communément d'autres
siècles, d'autres mœurs, d'autres manières d'être et de
voir; les *trois époques* qu'ils ont parcourues peuvent
compter hardiment pour *trois siècles.* Or ces hommes,
devenus septuagénaires, en ayant les meilleures intentions, n'ont plus cependant *la chaleur ni l'énergie* qui
convient pour défendre les droits du peuple.... Eh !
d'ailleurs, qui peut se flatter de ne point conserver les
impressions de la jeunesse?... Quel est celui qui peut,
suivant sa volonté, se détacher de ses premières idées,
qui souvent chez les vieillards prennent le caractère
de l'entêtement; et parce que, d'après une maxime

qu'un vieillard doit être infaillible, éclairé par l'expérience, on en tire la conséquence qu'il ne peut errer...
Mais en politique, les idées de la veille ne sont plus
souvent celles du lendemain ; sous l'influence des circonstances, l'homme en doit suivre les variations. Ce
n'est donc, je le répète, que dans la *force de l'âge* qu'il
peut concevoir et embrasser des plans propres à paralyser les passions et à dompter les évènemens.

Ces réflexions, que je viens de soumettre à mes lecteurs, m'amènent naturellement à Monsieur de Lafayette. Je ne m'aveugle nullement sur la tâche que je
me suis imposée ; les reproches que je vais m'attirer
pour avoir osé d'une main profane toucher à l'arche
sainte qui depuis tant d'années est exposée à la vénération et à l'enthousiasme d'une classe d'hommes faciles
à se laisser prendre aux apparences ; mais ce qui me
rassure, c'est la pureté de mes intentions et la loyauté
de mon caractère : il est toujours honorable, dans quelque discussion que ce soit, d'être éclairé par un citoyen irréprochable ; aussi, en m'exprimant avec toute
la franchise que réclame un pareil sujet, je ne confon-
drai point l'honnête homme avec l'homme politique :
comme homme et comme simple particulier, Monsieur
de Lafayette aura toujours des droits à l'estime publique, et, de ma part, à une vénération toute particu-
lière ; mais quoique pénétré de cette pensée :

Baisse profondément la tête ;
Un vieillard passe devant toi (1).

_____

(1) On ne peut pas toujours faire à la jeunesse cette in-
jonction de courber la tête devant un vieillard ; car, s'il en

Je n'ai pu me dissimuler *qu'en politique l'âge* ne
doit, dans aucun cas, mettre à l'abri de la critique,
parce que les actions de l'homme qui parcourt cette
carrière, fût-il *octogénaire*, appartiennent à l'histoire;
aussi, d'après cette profession de foi pour les qualités
personnelles de Monsieur de Lafayette, je n'ai pu, je
le répète, me dissimuler que tout homme qui jouit
d'une réputation qu'il n'a pas méritée, doit être replacé
dans la sphère qui lui est propre; certes, si quelqu'un
a usurpé des honneurs et des louanges qui n'étaient nullement en accord avec ses actions, c'est bien vous, Monsieur de Lafayette. Admirateur zélé de la liberté, je vous
demanderai: depuis 89 qu'avez-vous fait pour elle?...
De nombreux discours.... Mais des écrits où respire,

---

existe beaucoup qui se recommandent à la vénération de leurs
concitoyens, il en est d'autres qui en sont le déshonneur.
Combien d'hommes à cheveux blancs dont on cite les noms
avec éloge dans le monde, qui, dans l'ombre du mystère,
portent la corruption dans le sein des familles; combien
d'hommes à cheveux blancs qui emploient mille moyens
pour éloigner et diviser le frère et la sœur (j'en ai connu)
pour arriver à satisfaire leur coupable passion.... Heureu-
sement que, tôt ou tard, le voile qui couvre leurs débau-
ches se déchire; c'est alors que l'opinion publique fait
justice de ces êtres dépravés qui affichent publiquement des
mœurs austères, tout en s'abandonnant en secret aux vices
les plus honteux. Or je ne pense pas qu'on puisse adresser
à la jeunesse, et lui faire indistinctement l'application de
ces vers :

> Suspends tes pas, jeune homme, arrête,
> Au nom des Dieux et de la loi;
> Baisse profondément la tête....
> Un vieillard passe devant toi !

dit-on, l'amour de la patrie, ne sont rien pour moi, parce que sans passions, je vois les hommes tels qu'ils sont, et je ne les considère pas toujours d'après leurs écrits, mais bien d'après leur conduite. Les titres, les grandeurs ne m'abusent point. C'est dépouillé de tous ces attributs, de ces hochets, qui, trop souvent, servent à corrompre les hommes les mieux intentionnés, que je forme mon jugement.

Eh! bien, depuis trente ans, j'ai lu beaucoup de ces écrits; qu'y ai-je vu? de prétendus patriotes manifestant énergiquement leurs vœux pour l'amélioration et la prospérité de l'État, appeler en secret les étrangers sur le sol de la France, tandis que d'autres écrivains à la solde de ces mêmes étrangers, sous divers déguisemens, parcouraient les côtes de l'Angleterre pour remettre des notes secrètes à nos ennemis les plus acharnés à notre perte; j'y ai vu encore des hommes qui, en peignant les charmes de la bienfaisance, en retraçant sur le papier de magnifiques projets philantropiques pour subvenir au besoin du peuple, se tenir à l'affut des moindres circonstances, à l'effet de spéculer sur les besoins de ce même peuple; avoir toujours des sommes considérables en réserve pour accaparer et enmagasiner les denrées de toute espèce qu'ils supposaient devoir doubler leurs capitaux.... Depuis trente ans, qu'on cite le génie de ces Messieurs, que leurs prôneurs colportent leurs brillans discours (1); qu'on cite donc aussi quelques traits de

---

(1) Plusieurs des Députés s'occupent rarement de la rédaction de leurs discours; des secrétaires, dont la plupart

leur humanité?... Malheureusement leur philantropie
est toute en-dehors, elle n'existe que dans leurs écrits,
mais non dans leurs actions, et encore moins dans leur
cœur : aussi le Corsaire, dans une de ses bordées
du 22 juillet 1828, disait avec infiniment de justesse :
« Les journaux retentissent de détails sur les dîners
» limousins, bretons, etc., et des toasts qu'on y a
» portés. Quand les journaux s'occuperont-ils de ceux
» qui ne *dînent jamais ?* »

Sous le rapport politique, qu'y ai-je vu ? les mêmes
résultats ; car, malgré les leçons de l'expérience, les
hommes n'en sont pas pour cela plus sages, ni plus
éclairés, puisqu'on les a vus constamment s'isoler du
but qui devait régénérer notre patrie. Chez eux, tout
est personnel, rien pour elle ; ce *moi humain, qui dé-
truit tout sentiment d'héroïsme,* le pousse vers l'erreur et lui fait embrasser un fantôme pour la réalité.
Chaque faction encense son idole, en soutenant que
le parti qu'elle pousse au pouvoir est le seul digne
d'y arriver ; il s'en suit que ces divers partis professent
des idées qui se choquent continuellement, parce qu'il
n'y a point d'unité entre eux : l'un veut la république,

---

sont des hommes de mérite, mais malheureusement mal
partagés du côté de la fortune, sont chargés de les composer ; il s'en suit, je ne dirai pas que tel orateur, mais que tel
lecteur, une fois qu'il est arrivé au dernier feuillet de son
discours, serait bien en peine s'il était appelé à prendre
part à une discussion de vive voix, le don de la parole
n'étant accordé, comme chacun sait, qu'à fort peu de personnes ; aussi les bons orateurs sont-ils très-rares de nos
jours.

l'autre l'empire, celui-ci un gouvernement constitutionnel, celui-là une monarchie absolue, etc., etc.

Ah ! s'il fallait déduire les causes qui ont fait mouvoir de tout temps ces différens partis, ce serait un
tableau bien hideux pour l'espèce humaine, puisqu'aujourd'hui même le simple aperçu de nos divisions
attriste *l'âme vraiment* patriotique (1), et la force, malgré de cruels souvenirs, à se reporter en idée au faisceau de toutes les classes du peuple français formé dans

---

(1) Tous les débats qui ont lieu dans ce moment, tous
les écrits, toutes les discussions, toutes les récriminations,
toutes les sorties violentes, qui s'échangent entre les deux
partis, n'ont nullement pour but l'intérêt du Roi, ni le
bonheur de la France ; son avenir, sa prospérité ne sont
rien pour eux, surtout pour ces *faux citoyens*, avides d'arriver au Ministère, n'importe comment. C'est une guerre
d'homme à homme, c'est un parti consumé par l'envie, qui
se trouve déçu dans ses plus chères espérances ; c'est un
portefeuille qu'on croyait être sur le point d'obtenir, qui
échappe, pour passer dans d'autres mains.... Telle est la
cause de tout ce bruit, telle est la cause de ce honteux scan-
dale.

On concevra facilement les regrets que ces hommes doivent éprouver d'un pareil désappointement : ils se font
vieux.... Depuis nombre d'années, ils ne cessent de flatter
leurs partisans de l'espoir de les placer avantageusement
dans les administrations du Gouvernement lorsqu'ils seront
Ministres ; aussi, à chaque nouvelle promotion où ils ne
sont pas compris, ils éprouvent une mortification qui doit
nécessairement les aigrir, et, en effet, il y a de quoi :
quatre-vingt-onze Ministres se sont succédés les uns aux
autres, et pas un n'a eu la politesse de désigner au choix du
Roi un de ces Messieurs.... On serait colère à moins.

les premiers jours de notre révolution, faisceau qui devint l'emblème de *l'union* qui, à cette époque, releva à ses propres yeux une nation long-temps courbée sous le joug de l'esclavage.... Cette union n'eut, malheureusement, qu'un règne éphémère, et cela devait être; cependant elle a suffi pour repousser une horde étrangère au-delà de nos frontières, et préparer par cette mémorable action, celles qui plus tard devaient, sous le premier capitaine du monde, prouver à l'Europe armée contre nous, ce que le génie pouvait enfanter avec les premiers soldats de l'univers.

J'avais besoin de ce petit préambule pour arriver à ceux qui se disant essentiellement patriotes, ne peuvent cependant fournir un seul trait qui caractérise le patriotisme.

Je vous demanderai de nouveau, Monsieur de Lafayette, que faisiez-vous pendant que nos phalanges victorieuses foudroyaient nos ennemis sur tous les points? Par quelles actions d'éclat vous êtes-vous fait connaître à vos concitoyens? Pouvez-vous nous montrer d'honorables cicatrices?.. Où sont les blessures que vous avez reçues et le sang que vous avez versé pour la patrie (1)?.. Répondez.

J'accueillerai avec la plus vive satisfaction et la plus vive reconnaissance tous les renseignemens, de quelque part qu'ils me viennent, qui pourront désigner et préciser l'armée française, *je dis armée française*, les régimens, les compagnies où M. de Lafayette, pendant l'espace de vingt-deux années, a combattu; les batailles où il s'est trouvé; les actes de bravoure qui lui ont mérité des

Vous nous opposez sans cesse l'Amérique, les
services que vous lui avez rendus : vous vous citez
constamment comme ayant été l'ami, l'émule et le compagnon d'armes de Washington... Mais je ne vois là rien
qui puisse vous en faire tirer vanité... Des milliers de
volontaires de tous les pays, de tous les rangs, ainsi
que plusieurs de vos compatriotes, lui ont rendu les
mêmes services, et cependant *leurs noms ne sont point
parvenus jusqu'à nous.* Vous parlez de services; mais

---

distinctions particulières; ceux qui indiqueront également
dans l'état civil, durant le même nombre d'années, les em-
plois qu'il a occupés, les actes de dévouement qui lui ont
assuré le titre de *Défenseur des libertés publiques ;* enfin, par
quels services éminens il a mérité le surnom d'*Ami du Peuple,*
nom qu'on ne devrait guère ambitionner de porter aujour-
d'hui , depuis surtout qu'il a été donné au trop *célèbre
Marat.*

Mais qu'on évite avec soin de me transmettre , sur M. de
Lafayette , le moindre fait au sujet de sa conduite aux États-
Unis; elle est de toute nullité pour moi, parce que je n'ac-
corde à cette conduite aucune illustration, et, en effet, celui
qui n'aurait que de semblables titres pour se recommander
à l'admiration de ses concitoyens, serait bien certain de ne
voir jamais son nom arriver à la postérité, du moins telle
est ma manière de voir. Car, quelles que soient les actions
d'un Français, quelle que soit sa valeur, du moment qu'il
franchit les frontières de son pays pour aller prendre du
service parmi les étrangers, ce Français reviendrait-il
chargé de lauriers et couvert de blessures , il n'obtiendrait
de ma part que la plus froide indifférence : tous les services
rendus , qui n'ont pas pour but la patrie, le Roi et l'honneur , ne jouissent à mes yeux d'aucune espèce de considération.

les services de tout genre que Beaumarchais a rendus
à l'Amérique sont, j'ose le dire, d'une toute autre importance que les vôtres, et pourtant, malgré son dévouement pour la cause de l'indépendance, on ne l'a
point *porté en triomphe, on ne lui a point frappé de
médaille, on n'a point reproduit jusqu'à satiété ses
traits sur la toile, ni par le burin.*

Pour mériter ces honneurs, pour devenir célèbre,
il faut un concours de circonstances qu'il n'est point en
notre pouvoir de faire naître. Souvent, avec plus de
modestie, on acquiert plus de gloire ; mais pour l'acquérir et pour faire parler de soi par les cent bouches
de la Renommée... faut-il encore, je le répète, avoir
fait des actions dignes d'être citées... Et vous n'avez
jamais été dans une semblable position. On peut faire
l'éloge d'un grand homme, mais on est singulièrement
embarrassé lorsqu'il faut célébrer des exploits que personne ne connaît.

Enfin, je vous demanderai, pour la troisième fois,
qu'êtes-vous devenu depuis 92 jusqu'en 1814, l'espace
de vingt-deux années? Vos amis répondent : *qu'en vétéran de la liberté* (1) vous avez vécu en *républicain,*
sans vouloir occuper de place; ils n'ont pas manqué
d'élever jusqu'aux nues votre refus de servir *l'usurpa-*

---

(1) ..... « Eh! quelle était la source de toutes ces ini-
quités? Elles n'ont qu'un seul but, celui d'écarter de la
Chambre élective le constant défenseur des droits du Peuple,
le premier Commandant, de la Garde Nationale de Paris,
l'hôte des États-Unis, *le Vétéran de la Liberté.* »

Constitutionnel.

teur, l'oppresseur des libertés publiques, ainsi que
vos bons amis, qui ont *gagné,* sous cette OPPRESSION,
des dotations, des crachats, des rubans, et fait leur
fortune sous son règne, daignent l'appeler, par reconnaissance. Ce n'est donc que depuis 1814 qu'un parti
vous a adopté, croyant dans un bouleversement qui
n'eut point lieu, pouvoir, à l'aide de votre nom, exploiter
une fiction, celle de la liberté, erreur commune à tous
ceux qui entendent par liberté la république... Mais
vous, Monsieur de Lafayette, qu'on désigne comme
un républicain par excellence, sans en avoir pourtant les
vertus, pardonnez cet excès de franchise, vous ignorez
donc quelles sont les qualités qu'il faut posséder pour
s'en rendre digne. Scrutez le fond de votre âme, exa-
minez votre conduite passée, votre conduite présente,
votre dernier voyage aux États-Unis, enfin, votre
pompe triomphale au convoi de Manuel, et dites-nous
si vous fûtes jamais digne de porter ce nom?

Le vrai Républicain, s'il en existât jamais, ce dont
je doute fort, dédaigne les honneurs, les titres pom-
peux, ces vains ornemens, et surtout ces décorations
que l'orgueil et la vanité attachent au hasard sur la
poitrine d'un homme souvent couvert de crimes, d'un
assassin du peuple ou d'un traître voué à l'exécration
publique.

Le vrai Républicain, tel que l'imagination nous le
représente, vit obscurément, sans aucune ambition; il
ne possède point de carrosse, de nombreux domesti-
ques; il n'a point une table somptueusement servie;
il n'accepte point de hautes dignités, parce qu'il sait
que celui qui a la faiblesse de le faire ne s'appartient

plus ; il ne promène pas sa personne de département en département, pour y provoquer des banquets et pour y recueillir des *louanges toujours inconvenantes* lorsqu'elles sont *adressées en face* de celui qui en est l'objet ; il ne souffre pas qu'une foule d'oi- sifs, à la moindre nouvelle du dérangement de sa santé, viennent à son hôtel à l'effet de s'inscrire chez son suisse... parce qu'un *vrai Républicain* n'a ni suisse ni hôtel ; il se garde bien surtout de faire reproduire son nom dans des milliers d'écrits , et d'avoir des jour- naux à sa disposition, pour y faire relater à la journée ses moindres démarches ainsi que ses moindres pa- roles.

Un vrai Républicain, ennemi de toute espèce d'a- dulation, ne s'entoure point de compères pour faire prôner ses vertus civiques ; il ne fait point d'appel à la bienfaisance des habitans du royaume, en provo- quant une souscription pour faire imprimer des dis- cours dans le but : « d'acquérir et d'offrir une *pro-* » *priété* pour perpétuer d'âge en âge *les talens d'un* » *mandataire fidèle* qui, par ses *honorables travaux*, » *a bien mérité de la France* et de tous les peuples » qui marchent, *sous ses auspices*, dans la *carrière de* » *la liberté* (1)... » *Un vrai Républicain*, non seule- ment désavouerait hautement une conduite aussi misé- rable, mais rougirait toute sa vie d'en avoir eu un ins- tant la coupable pensée.

Un vrai Républicain ne spécule jamais sur une jeu- nesse ardente et irréfléchie ; il ne fait point d'appel à

----

(1) Constitutionnel du 9 juin 1827.

son défaut d'expérience, en cherchant à la soulever et surtout à la transformer en exempts de police, rôle qui la met dans l'affreuse nécessité de lapider ou d'insulter un honnête homme pris souvent pour un malfaiteur, et qui en définitive, l'expose elle-même à toute la rigueur des lois ou à la faire massacrer, en la rendant victime de la force militaire.

Un vrai Républicain, s'il a eu le malheur de perdre un de ses compatriotes, recommandable à plus d'un titre, pénétré d'une vive douleur, on le voit suivre à pied, derrière le cercueil, et dans le plus profond recueillement, le corps de celui dont il déplore la perte; une fois ce pénible devoir rempli, il regagne, seul, son asile, le cœur navré, évitant la foule qui pourrait le distraire des douloureuses mais consolantes pensées que lui laissent pour souvenir les vertus civiques du défunt; on ne le verrait pas assis mollement dans une voiture élégante, devancer le corbillard pour grossir son cortège au détriment de celui qui devait naturellement accompagner le convoi derrière; il se garderait bien d'exciter des bravos dans l'enceinte même où l'on vient de déposer la dépouille mortelle d'un homme qu'un peu de terre recouvre pour jamais aux regards de ses concitoyens désolés; il se garderait encore de prendre un long détour pour se rendre à son hôtel, et de s'y faire accompagner triomphalement par une foule d'individus, qui, oubliant tout respect humain, se dégradent toujours en foulant aux pieds la cendre des morts pour élever des autels aux vivans.

Un vrai Républicain ne provoque pas, pour rappeler la mémoire d'un citoyen, des souscriptions pour faire bâtir à grands frais de fastueux monumens funéraires, parce qu'il est persuadé que la vertu suffit à l'homme, et que le souvenir de ses belles actions, des services qu'il a rendus à l'humanité, est l'unique épitaphe qui franchit l'intervalle des temps. Si, par une circonstance extraordinaire, si, pour subvenir aux besoins d'un malheureux, on provoque près de lui un pareil don, ce sera avec le *denier de la veuve* qu'il acquittera cette dette du cœur, et non pas avec *cinquante mille francs,* parce que cette somme, qui jetterait le vulgaire des hommes dans un étonnement stupide, démontrerait clairement aux autres, qu'un semblable trait de générosité n'a d'autre but que de se faire remarquer, en cherchant à fixer l'attention du public sur sa personne.

Un vrai Républicain ne cherche pas l'éclat, il n'exige pas de reconnaissance pour le bien qu'il a pu faire; il l'a fait, cela lui suffit, persuadé que le mépris de la renommée est la victoire la plus glorieuse que l'homme puisse remporter sur lui-même.

Un vrai Républicain, dans toutes les circonstances de sa vie, ne transige jamais avec l'honneur. S'il est appelé à prêter un serment, il se recueille en lui-même, il se pénètre vivement de l'engagement qu'il va prendre, avant de jurer, bien persuadé que la religion du serment ne doit, dans aucun cas, être violée; il sait que tout homme qui, soit par faiblesse, soit par tout autre motif, prête plusieurs sermens, n'inspirera jamais de *confiance à aucun parti,* de quelque talent même qu'il puisse être doué; il sait qu'on pourra admirer ses écrits, louer la force et la subtilité de ses argumens; il sait encore qu'on pourra se servir de ses lumières, de ses connaissances pour l'intérêt général ; mais que là se bornera l'enthousiasme de ses concitoyens ; qu'il n'obtiendra jamais de la vénération..... « Eh ! qu'est-ce alors que l'admiration sans l'estime ? Un stérile étonnement, une méprise de l'esprit, que l'âme désavoue. »

Un vrai Républicain, enfin, s'il a eu le bonheur de servir dignement et honorablement son pays, s'il a mérité à la fin de ses glorieux travaux la *couronne civique,* attend MODESTEMENT qu'on la lui décerne, mais il ne la MENDIE jamais.

Eh ! bien, Monsieur de Lafayette, comptez-vous beaucoup d'hommes dans l'histoire de tous les peuples qui aient eu ces brillantes qualités qui constituent un *vrai Républicain ?...* Je vous répondrai qu'il n'en a pas existé un seul.

Avouez donc que tous ceux qui, à votre exemple, rêvent une République, et ils sont encore en grand nombre, rêvent une chimère ; car un peuple qui veut être libre s'impose bien plus de devoirs qu'il n'en avait avant de le devenir ; ce n'est donc pas la conquête de la liberté qui est difficile, mais bien de savoir la conserver. Et puis une République suppose encore une égalité parfaite entre tous les hommes, une existence à-peu-près égale, telle que nos pères la possédaient dans l'état de nature primitive, c'est-à-dire, que chacun devrait avoir en propre toutes les choses utiles à la vie, sans avoir recours à son voisin ; car, dès l'instant que l'on est dans l'obligation, par le fait d'une fortune supérieure à celle de plusieurs de ses concitoyens, de salarier un individu, du moment qu'un homme peut en commander un autre, il n'existe plus d'*égalité;* donc,

que l'égalité des droits est impossible : ceux qui pré-
tendent le contraire sont les plus grands des imposteurs.
Mais je vais vous mettre à même d'établir un parallèle,
en vous rappelant un morceau dont vous avez sans
doute perdu le souvenir, et vous me direz ensuite si
vos fiers Républicains ont rempli une seule des con-
ditions retracées dans le tableau que je vais vous mettre
sous les yeux, qui dépeint si bien les charmes et les
douceurs d'une République ; mais non pas comme l'ont
entendu nos modernes Républicains :

« Hommes réunis pour vous donner des lois, vous
» apportez tous ici un droit égal : celui qui est le plus
» reculé dans cette foule immense aura le même droit
» à la protection commune ; tous les privilèges sont
» abolis. Vos propriétés seront également protégées ;
» car vous les apportez dans la société commune ; nulle
» main téméraire n'osera y attenter. Vous *serez libres*
» *dans vos pensées, dans vos opinions, dans vos*
» *actions, dans vos discours, dans vos écrits, dans*
» *votre négoce, dans vos maisons, à la ville, aux*
» *champs, en voyage.* Tout ce que la loi vous de-
» mande, c'est de ne nuire à personne, comme vous sou-
» haitez que personne ne vous nuise. Que tous veillent
» pour tous ; que la personne de chacun de vous soit
» mise sous la sauve-garde de tous les autres ; et que
» des hommes choisis parmi vous, et par vous, veillent
» plus particulièrement à votre sûreté.

» Il vous faut des lois, précisément pour que vos droits
» soient maintenus, et qu'aucun n'ose y porter atteinte ;
» mais ces lois seront l'expression de votre volonté.
» Ce ne sera pas un homme qui vous les donnera, car

» il penserait à lui plus qu'à vous : ce seront des hommes
» choisis par vous qui les feront ; mais le droit de sou-
» veraineté vous reste toujours, parce que vous avez
» celui de changer vos lois quand elles ne vous con-
» viennent plus. Vous aurez donc toujours des repré-
» sentans, mais vous n'aurez jamais de maîtres.

  » Vos dépenses seront communes ; nul ne sera dis-
» pensé d'y contribuer ; chacun y fournira selon sa
» fortune, et elles seront réparties par des hommes
» que vous aurez choisis. Et quoique les lois que vous
» aurez faites, et les magistrats que vous aurez choisis
» veillent pour vous, chacun de vous aura le droit de se
» plaindre aux autorités établies des injustices qu'il aura
» souffertes ; car vous n'êtes réunis que pour être libres,
» tranquilles et heureux.

  » Hommes-frères, souvenez-vous que vous l'êtes de
» tout le genre humain ; respectez les droits des peu-
» ples, comme vous voulez qu'ils respetent les vôtres ;
» n'entreprenez aucune guerre dans un esprit de con-
» quête, mais défendez-vous avec courage quand vous
» serez attaqués, car votre cause sera juste. »

  D'après les principes énoncés dans ce résumé phi-
losophique, rêve d'un homme de bien, j'en tire la
conséquence, qu'une *République* est une *fable* qui
n'a jamais existé que de *nom* chez les Romains, à Ve-
nise, en Hollande, en Suisse, en Amérique, etc., etc.

  Je le répète, d'après cet aperçu, combien sont
blâmables ceux qui entretiennent dans une coupable
erreur ces jeunes gens, qui, à chaque instant, préco-
nisent cette liberté, dont l'imagination ardente les re-
portent sans cesse aux songes trompeurs d'une Répu-

blique, qui ne peut, comme je viens de le démontrer, exister nulle part, encore moins chez une nation aussi *légère* que la nôtre, dans ses *principes comme dans ses affections* (1). Trop jeunes pour avoir été témoins des horreurs commises au nom de la Liberté, ils penseraient différemment s'ils avaient perdu dans la tourmente de cette effroyable révolution, pompeusement nommée République, un père, une mère, un frère, une sœur, un ami, un bienfaiteur..... Ah! loin de rappeler une époque que chaque Français voudrait pouvoir effacer de son souvenir, cette jeunesse serait la première à bénir les circonstances heureuses qui ont arrêté, comme par enchantement, les flots de sang qui devaient encore inonder notre malheureuse patrie.... Ah! si elle eût été témoin des atrocités sans nombre qu'a enfantées cette République, objet de ses vœux insensés ; si elle eût vu *incarcérer, guillotiner, noyer, fusiller, et massacrer impitoyablement* des citoyens sans défenses, poursuivis pour des crimes imaginaires, la plupart l'élite, l'espoir et l'orgueil de la nation, elle rougirait de professer hautement des sentimens que réprouve tout homme ennemi des désordres que traîne à sa suite cette *Liberté,* auxquels de féroces Républicains avaient joint ces mots : *Ou la mort,* qui peignaient si bien l'horreur de son règne....

---

(1) « Un journal, en parlant de la nation, dit : Où il y avait sujet de pleurer, on la vit toujours rire, chanter et parodier ses désastres. *Plaisir* d'une nation qui se *console* de *tout,* pourvu qu'elle se *moque d'elle-même.* »

Corsaire du 7 septembre 1829.

Je m'arrête...... Je crois en avoir dit assez pour éclairer mes concitoyens, et pour les rendre plus circonspects désormais dans leurs louanges, dans leur admiration pour des hommes qui n'ont pas toujours fait leur devoir. Nous avons déjà commis beaucoup d'erreurs dans ce genre.... Ayons constamment présent à l'esprit que les *Marat, les Robespierre,* etc., ont aussi joui de honteux et d'ignobles triomphes.

Je crois encore en avoir dit assez au vénérable M. de Lafayette, pour l'engager à se conduire à l'avenir de manière à être plus réservé, et surtout à ne plus se donner en spectacle, rôle qui ne convient nullement à celui qui tient à conserver sa propre estime. C'est un triomphe qu'ont toujours dédaigné les grands hommes, parce qu'ils savaient, par expérience, que l'envie et la haine s'attachent au char des triomphateurs. Ces honneurs, qui, d'ailleurs, compromettent les meilleures réputations, vouent au ridicule ceux qui ne les ont pas justement mérités.

FIN.

DEUX MOTS

SUR LA BROCHURE A 100,000 EXEMPLAIRES

QUI VIENT DE PARAÎTRE.

LE jeune auteur aux heureuses idées n'a pas fait grands frais d'imagination pour composer cette rapsodie à cinquante centimes. Il s'est contenté de copier la notice de la Biographie universelle des Contemporains et les journaux; mais ce qui appartient à son heureux génie, ce sont les *invectives* adressées à ceux qui d'abord ont eu la maladresse de ne point se porter en foule à l'hôtel de l'homme des deux mondes, et ensuite à ceux qui ont eu la faiblesse de ne point partager l'enthousiasme des admirateurs : « du vieux » athlète de la liberté, du héros de l'humanité, du grand » esprit, du modèle des vrais citoyens, du frère du » grand-père de Washington, du fondateur de la liberté » dans les deux hémisphères, du soutien le plus *constant de l'égalité*, etc. » Voici les heureuses expressions choisies par le jeune citoyen pour déplorer ce malheur :

« *La rage et l'envie* se sont aussitôt réunies pour » attaquer la réputation la plus pure, et essayer de » flétrir des lauriers sans tache; mais les *insectes im-* » *mondes* qui s'attachent sans cesse aux branches les » plus belles de notre *gloire civile et militaire* lancent » en vain leur *venin : le héros* le plus CÉLÈBRE *de notre*

» *époque*, qui a assisté aux révolutions les plus glo-
» rieuses des deux hémisphères, *grandit encore* dans
» cette mémorable occasion. Pour terrasser ces *vipères*
» qui vivent des *infamies* de l'absolutisme.... » Le
lecteur me crie grâce... Je m'arrête pour passer à une
autre citation un peu plus grave.

Le jeune citoyen a manqué de tact et de conve-
nance envers les chefs des nations, en rapportant un
passage de l'abbé Montgaillard, ainsi conçu :

« Quel triomphe que celui d'un simple particulier
» (M. de Lafayette), dont les habitans des plus grandes
» villes, comme ceux des plus petits hameaux, pro-
» noncent le nom! Ils accourent de toutes parts, en
» saluant ce nom de leur amour, de leur reconnais-
» sance, de leur respect! Que deviennent, auprès d'une
» semblable apothéose nationale, toutes ces pompes
» théâtrales dont la flatterie environne les Empereurs
» et les Rois dans les grands jours de l'orgueil (1)? Ah!
» combien ces réceptions triomphales que les poten-
» tats se décernent à eux-mêmes; combien ces adula-
» tions et ces bénédictions mensongères dont les cour-
» tisans en titre et les esclaves de la faveur énivrent
» l'orgueil des princes de la terre ; combien cet en-

---

(1) L'orgueil de M. de Lafayette est celui des triomphes;
il y a trente-neuf ans que lui et les siens y travaillent
sans n'avoir pu les obtenir qu'au milieu de ses parens,
de ses amis et de ses connaissances...... Mais qu'importe
les moyens, c'est toujours un triomphe....; et puis les amis
de nos amis sont là pour faire mousser la représentation....
et puis....

» thousiasme et ces transports de joie, que des mi-
» nistres ordonnent et achètent à un peuple au prix de
» sa propre substance, pour célébrer la présence des
» monarques dont ils veulent égarer l'esprit et tromper
» la religion ; combien toutes ces pompes royales sont
» petites et misérables, etc. »

Il me semble que ceux qui invoquent continuellement le maintien de la charte et le gouvernement constitutionnel ne devraient, dans aucune circonstance,
manquer si grossièrement aux souverains, en établissant
un parallèle qui tend à jeter de la défaveur et du mépris sur un monarque, conduite qui compromet toujours la sûreté d'un état, en cherchant à avilir la royauté
à ses yeux.

Je sais bien que les *vieux Républicains* sont *ennemis
jurés* des Rois ; mais tant que ces derniers sont assis
sur le trône, ils leur doivent *respect et obéissance*
comme les autres citoyens, parce qu'il est générale-
ment reconnu que sans *obéissance* pour le chef de
l'Etat, les lois ne peuvent se soutenir, et que, sans
lois, il n'y a plus de société; aussi, vouloir franchir
cette ligne, c'est vouloir soulever les haines, c'est vouloir en appeler aux passions; c'est être ennemi de son
pays; en un mot, c'est vouloir paralyser les bras des
sujets fidèles qui veulent franchement le bonheur et la
prospérité d'une nation.

Je me propose, dans un prochain ouvrage, de
réduire à rien ces hommages solennels, de montrer
jusqu'à l'évidence que le peuple n'a pas pris plus de
part à ces pompes triomphales que celui de Paris ne
l'a fait le 24 août 1827; de prouver que toutes ces

réunions ont toujours été provoquées par les mêmes individus.

Je me réserve encore de relever toutes les contradictions qui existent dans la notice biographique, notice qui n'indique aucune action qui n'appartienne à un homme plus qu'ordinaire, action qu'on ne pourrait pas même comparer au moindre fait d'arme du dernier capitaine de la vieille armée.

A mes Concitoyens.

Mon ouvrage ne sera lu et apprécié que par ceux qui n'ont nul rapport avec les hommes que je combats, ni directement, ni indirectement, c'est-à-dire, par des citoyens qui se respectent assez pour ne se laisser influencer par aucun parti, par des citoyens qui rougiraient d'être les prôneurs et les agens d'une coterie, quelle qu'elle fût.

En revanche, il sera lu avec dégoût, avec prévention, par les *séïdes* de ces soi-disant dévoués et fidèles patriotes ; par ceux qui leur font la cour partout où ils les rencontrent ; par ceux qui font constamment antichambre, et ne quittent presque pas leurs brillans salons ; par ceux qu'on retrouve partout où il y a des repas, des fêtes, des réunions, des spectacles ; par ceux qui sont accoutumés à les aduler dans leurs écrits ; par ceux, enfin, qui sont sous leur dépendance, depuis l'humble garçon de bureau jusqu'au premier commis ; depuis le plus simple ouvrier jusqu'au premier fabricant ; depuis la laitière jusqu'au plus haut fournisseur ; gens qui sont obligés d'obéir au mot d'ordre de ces Messieurs ; aussi, au moyen de ces ricochets, ces individus ne font-ils des affaires qu'à la condition que les hommes avec lesquels il sont en rapport éleveront jusqu'aux nues les *vertus civiques* de leurs patrons ; en sorte qu'il arrive par la complication de ces rouages, inconnus à beaucoup de personnes, que les éloges courent de ville en ville, de bourg en bourg, de hameau en hameau, de rue en rue, de salon en salon, de boutique en boutique, de loge en loge, de grenier en grenier, de cabaret en cabaret, etc....; et c'est ainsi que sans avoir besoin même de se réunir, l'*impulsion* est donnée..... C'est ainsi que ce *comité directeur*, qui n'est nulle part, *se trouve partout*.